Inhalt

Mauna Kea

In Observatorien auf der Erde, wie in diesem auf dem Vulkan Mauna Kea auf Hawaii, werden die Planeten unseres Sonnensystems, die Sterne und Galaxien beobachtet. Sie liefern viele Erkenntnisse für die Erforschung des Weltraums.

Felicity Trotman

Der Weltraum

Was ist der Weltraum?

Der Weltraum ist der Bereich des Universums zwischen Himmelskörpern wie Galaxien, Sternen und Planeten. Er ist aber nicht leer: Es gibt hier Erscheinungen wie riesige Gas- und Staubwolken. Die Erforschung des Weltraums und der Himmelskörper ist für den Menschen die größte Herausforderung. Im Weltraum werden die Entfernungen in Lichtjahren gemessen. Das ist die Strecke, die das Licht in einem Jahr zurücklegt – etwa 9 460 000 000 000 (9,46 Billionen) Kilometer. Die Erforschung des Weltraums ist noch lange nicht zu Ende. Nun, zu Beginn des dritten Jahrtausends, wird eine neue Generation – der auch du angehörst – viel bislang Unbekanntes entdecken.

Wolkenfelder
Dieses Wolkenfeld nennt man einen Nebel. Manche Nebel sind Galaxien, die aus Milliarden von Sternen bestehen und viele Lichtjahre entfernt sind. Andere bestehen aus Gas- und Staubwolken innerhalb unserer Galaxie, der Milchstraße.

Vom Himmel gefallen
Der Weltraum ist voll von Gesteinsbrocken und Staubteilchen. Wenn sie in die Erdatmosphäre eintreten, verglühen sie zumeist und wir sehen Meteore oder Sternschnuppen. Manche Gesteinsbrocken verglühen nicht ganz und fallen als Meteoriten auf die Erdoberfläche. Jahrtausendelang waren Meteoriten die einzigen Himmelskörper, die man untersuchen konnte. Dieser Holzschnitt aus dem Jahre 1508 zeigt, wie ein Meteorit einen Baum zerteilt.

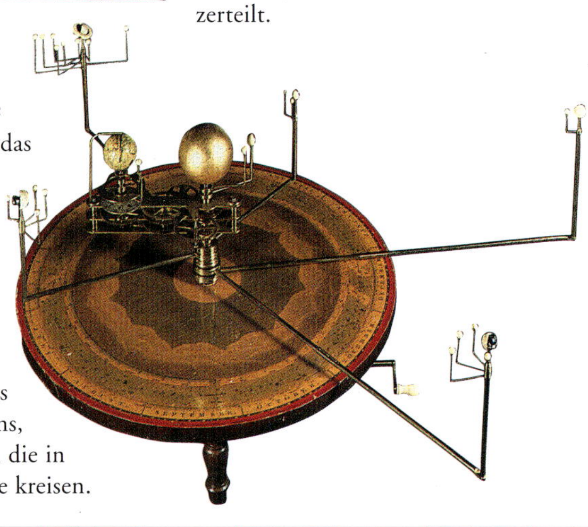

Mechanische Modelle
Astronomen beobachten das Sonnensystem – die Planeten und anderen Himmelskörper, die unseren Stern, die Sonne, umkreisen – schon seit Tausenden von Jahren. Ein Planetarium ist ein mechanisches Modell des Sonnensystems, bei dem die Planeten um die in der Mitte stehende Sonne kreisen.

Himmelsbeobachtung
Der Mensch beobachtet von alters her den Himmel. Schon früh wurden Observatorien errichtet, von wo aus Astronomen den Himmel erkundeten. Das Observatorium auf diesem Bild, El Caracol, erbauten Astronomen der Maya von Chichen Itza im heutigen Mexiko.

Himmlische Körper

Die Erde ist einer von neun Planeten unseres Sonnensystems. Sie wird von einem Mond umrundet. Vom Weltall aus gesehen wirkt die Erde wie jeder andere Planet. Wenn man die Erde als Himmelskörper untersuchen will, muss dies von einem Satelliten oder einem Raumfahrzeug aus erfolgen. Dieses Bild der Erde wurde aus einer so großen Entfernung aufgenommen, dass man auch noch den Mond sieht.

WELTRAUM – Zeitleiste –

um 3000 v. Chr.
Die Ägypter erarbeiten anhand der Sterne einen Kalender.

um 300 v. Chr.
Aristarch behauptet, dass die Erde um die Sonne kreist.

um 100 v. Chr.
Hipparchos stellt einen Sternenkatalog zusammen. Er entwirft ein Modell, bei dem die Sonne um die Erde kreist. Die Jahreszeiten erklärt er damit, dass die Erde nicht genau in der Kreismitte steht.

um 150 n. Chr.
Ptolemäus veröffentlicht mehrere Bücher über Astronomie, darunter den *Almagest*. Er stellt 1080 Sterne in 48 Sternbildern zusammen sowie Tabellen, mit deren Hilfe man die Bewegungen von Sonne, Mond und Planeten berechnen kann. Er betrachtet dabei die Erde als Mittelpunkt des Weltalls.

um 1150
Die Chinesen erfinden die ersten Raketen.

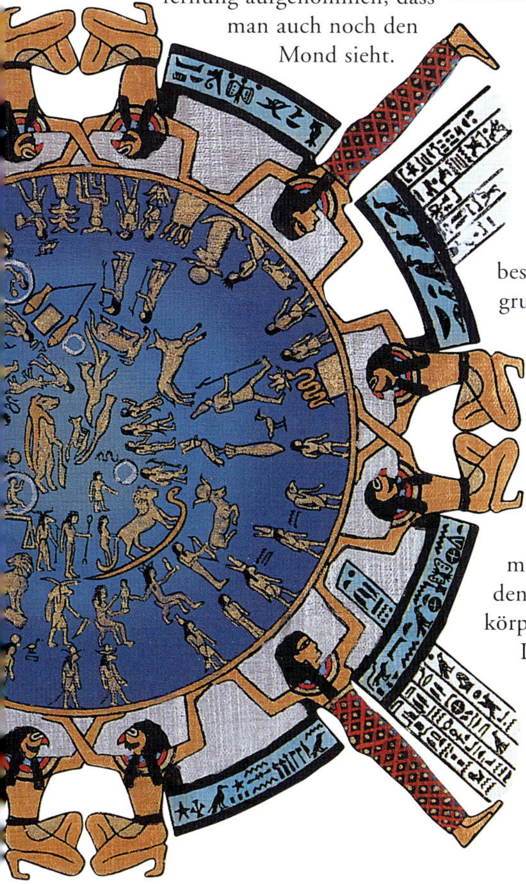

Ein alter Kalender

Die alten Ägypter teilten das Jahr in 36 Wochen mit je zehn Tagen ein. Eine Woche begann, wenn eine bestimmte Sternengruppe – Dekan genannt – am Himmel aufging. Dieses Deckengemälde aus dem Tempel in Dendera zeigt einen von Göttinnen getragenen Himmel. Die Figuren um den äußeren Ring verkörpern die Dekanen. In der Mitte sind die Tierkreiszeichen zu sehen. Die Götter mit den Stäben stellen die Planeten dar.

Baron Münchhausen

Die Menschen träumten schon vor Jahrhunderten von einem Flug ins Weltall, doch ist dies erst in der zweiten Hälfte des 20. Jahrhunderts Wirklichkeit geworden. Baron Münchhausen, der Held fantastischer Lügenmärchen, die Rudolf Erich Raspe 1785 schrieb, benötigte dazu kein Raumfahrzeug: Er gelangte mit einer schnell wachsenden Bohne zum Mond!

Mit bloßem Auge

Die frühen Astronomen interessierte es wenig, welche Gesetze im Universum herrschen. Sie wollten wissen, wann die Pflanzen gesät und geerntet werden mussten, wann Flüsse Hochwasser führten oder wann es eine Sonnenfinsternis gab. Mithilfe der Bewegungen von Himmelskörpern erstellten sie Kalender und sagten Naturerscheinungen voraus. Somit waren sie nicht nur Astronomen, sondern auch Astrologen. Erst die alten Griechen befassten sich mit den Gesetzen des Weltraums.

Sie interessierten sich für die Bewegung der Planeten, die sie in der Nacht sehen konnten. Sie wollten beweisen, dass die Planetenbewegung gleichmäßig und vorhersehbar ist. Dazu verwendeten sie die Geometrie.

Ptolemäus
Claudius Ptolemäus (90-168 n. Chr.) lebte in der ägyptischen Stadt Alexandria. Als Astronom und Geograph listete er 48 Sternbilder oder Sterngruppen auf und legte deren Position am Himmel fest. Ptolemäus behauptete, dass die Erde eine Kugel sei, und er nahm an, dass Mond, Sonne und Planeten unterschiedlich schnell die Erde umrundeten. Er übernahm viele Ideen von einem früheren griechischen Astronomen, Hipparchos. Ptolemäus schrieb seine Gedanken im *Almagest* nieder, was so viel wie »Das Größte« bedeutet.

Kopernikus
Nikolaus Kopernikus (1473-1543) gilt als Begründer der modernen Astronomie. Er berichtigte einige Behauptungen von Ptolemäus. So nahm Ptolemäus an, dass sich die Größe des Mondes ändert, was aber falsch ist. Im *Almagest* betrachtete Ptolemäus jeden Planeten einzeln für sich und es war klar, dass sie irgendwie miteinander verbunden sein müssten. Bereits Aristarch (ca. 310-230 v. Chr.) glaubte, dass die Erde und die anderen Planeten die Sonne umkreisten. Kopernikus sah darin den plausibelsten Grund für die Bewegung der Himmelskörper. Er konnte zwar seine heliozentrische Theorie (mit der Sonne als Mittelpunkt) nicht beweisen, doch war sie einleuchtender als die geozentrischen Erklärungen (mit der Erde als Mittelpunkt).

Zentrum des Universums?

Die frühen Astronomen betrachteten die Erde als Mittelpunkt des Universums. Sie glaubten, dass die Erde feststehe und dass Sonne, Mond und Planeten sie umkreisen. Ihrer Vorstellung nach wurden alle Planeten (auch Sonne und Mond zählten sie zu den Planeten) von sich drehenden Kristallringen bewegt; über und unter den Planeten gab es angeblich ebenfalls Ringe, an denen die Sterne befestigt sein sollten. Die Darstellung links zeigt dieses geozentrische System.

Lehrmaterial

Eine Armillarsphäre ist ein dreidimensionales Modell des Weltraums. Die Kreise stellen den Himmelsäquator, den Tierkreis und andere Himmelskreise dar. Armillarsphären wurden für die Lehre und für Messungen verwendet.

Die Sonne als Mittelpunkt

Die Darstellung oben zeigt die heliozentrische Theorie nach Kopernikus. Hier steht die Sonne im Mittelpunkt und die sechs damals bekannten Planeten umrunden sie. Kopernikus veröffentlichte seine Ideen kurz vor seinem Tod 1543 in dem Buch *De revolutionibus orbium coelestium.*

Eingemeißelt

Die Bewohner Mesopotamiens befassten sich schon um 1000 v. Chr. mit dem Weltall. Dieser Grenzstein zeigt die Sonne, den Mond, die Venus und die Tierkreiszeichen. Der Tierkreis besteht aus 12 Sternbildern, welche die Sonne und die Planeten während eines Jahres scheinbar durchlaufen. Noch heute glauben viele an ihre Bedeutung für die Vorhersage der Zukunft.

Neue Monde

Astronomen des Islam interessierten sich besonders für den Mond. Der islamische Monat beginnt, wenn sich der Mond nach Neumond das erste Mal zeigt, daher musste man genau wissen, wann es wieder so weit war. Muslime beten fünfmal am Tag, so mussten die Astronomen auch berechnen, wann genau Sonnenuntergang, Nacht- und Tagesanbruch, Mittag und Nachmittag sind. Viele Moscheen beschäftigten Astronomen für die Zeitmessung. Dieses Bild zeigt Astronomen in Istanbul um 1577. Sie arbeiten mit Büchern und vielen Instrumenten, unter anderem Quadranten, einem Kompass, einer Armillarsphäre, einer Uhr sowie einem Globus.

Greenwich-Observatorium
England war eine Seefahrernation und die Seeleute orientierten sich an den Sternen. König Karl II. gründete 1675 das Königliche Observatorium in Greenwich. Hier sollten Astronomen einen Weg finden, wie man die geographische Länge eines Ortes am einfachsten bestimmt.

Der Blick durchs Fernrohr

Galilei blickte als Erster mit einem Fernrohr in den Nachthimmel und revolutionierte damit die Himmelsbeobachtung. Fernrohre bewiesen schon bald, dass die Vorstellung von den Kristallringen rund um die Erde falsch war. Sie zeigten ein riesiges Universum, das erst noch erforscht werden musste. Auch Galilei machte schon große Entdeckungen, unter anderem vier Monde des Jupiters, die Ringe des Saturns, Krater auf dem Mond, einzelne Sterne in der Milchstraße und Sonnenflecken, die ihm zeigten, dass sich auch die Sonne um sich selbst dreht. Fernrohre oder Refraktoren, wie das von Galilei, und die neueren Spiegelteleskope zeigten viel mehr, als man mit bloßem Auge sehen konnte. Dank größerer Fernrohre mit besseren Linsen konnten die Astronomen nun immer mehr Entdeckungen machen.

Herschels Teleskop
Am 13. März 1781 entdeckte Friedrich Wilhelm Herschel (1738-1822) mit einem 2 m langen, selbst gefertigten Spiegelteleskop den Planeten Uranus. Sein größtes Fernrohr war das abgebildete Spiegelteleskop mit über 12 m Brennweite, was jedoch schwer zu bedienen war. Der Spiegel war aus Kupfer und setzte schnell Patina an.

Galileis Fernrohre
Galileis stärkstes Fernrohr konnte ein Abbild bis zu 30-mal vergrößern. Das entspricht etwa der Vergrößerung eines heutigen normalen Fernglases. Galileis Fernrohre waren Refraktoren, das heißt, an jedem Ende des Rohres waren Linsen eingesetzt, die eine Vergrößerung bewirkten.

Galileis Erkenntnisse
Galileo Galilei (1564-1642) war ein italienischer Mathematiker, Physiker und Astronom. Er lag mit der römisch-katholischen Kirche im Streit, da er die heliozentrische Theorie von Kopernikus vertrat. Die Kirche verbat ihm die Verbreitung seiner Ideen, und als er sich dem nicht beugte, drohte ihm die Inquisition. Während der Folter nahm er seine Behauptungen zurück, glaubte im Stillen jedoch weiterhin an Kopernikus.

Newtons Teleskop
Sir Isaac Newton (1642-1727) war ein englischer Physiker und Mathematiker. Er wurde berühmt für die Ausarbeitung des Gravitationsgesetzes. 1668 konstruierte er ein einfach zu bedienendes Spiegelteleskop. Bei einem Spiegelteleskop wird das Abbild durch einen gekrümmten Spiegel vergrößert.

Spiralnebel
Zur Beobachtung von Nebeln baute Graf Rosse auf dem Grundstück seines Schlosses im irischen Parsonstown ein riesiges Spiegelteleskop. Im Jahr 1845 entdeckte Rosse, dass einige Nebel spiralförmig sind. Seine Zeichnung vom Nebel M51 erweist sich im Vergleich mit modernen Fotografien als sehr genau.

WELTRAUM
– Zeitleiste –

1543
Kopernikus veröffentlicht *De revolutionibus*. Er behauptet, dass die Erde um die Sonne kreist.

1575-80
Das Observatorium in Istanbul wird errichtet.

1610
Galilei betrachtet den Himmel durch ein Fernrohr.

1668
Isaac Newton konstruiert ein Spiegelteleskop.

1675
Gründung des Greenwich-Observatoriums

1781
Herschel entdeckt den Planeten Uranus.

1845
Graf Rosse erkennt mit seinem Teleskop in Parsonstown, dass einige Nebel spiralförmig sind.

1846
J. G. Galle entdeckt in Berlin den Planeten Neptun, den schon John Couch Adams in England und Urbain Le Verrier in Frankreich vorausgesagt hatten.

Unterstützung
Herschel holte 1772 seine Schwester Karoline aus Hannover nach England, wo sie ihn unterstützen sollte. Wenn sie mal nicht für ihren Bruder arbeitete, beobachtete sie mit ihrem eigenen Fernrohr den Himmel und suchte nach Kometen. Bis 1797 entdeckte sie acht Stück.

Flüssigtreibstoffrakete

Der Amerikaner Robert Goddard (1882-1945) führte Experimente mit Raketen und verschiedenen Flüssigtreibstoffen durch. Am 16. März 1926 startete er die erste Rakete, die er mit Benzin und flüssigem Sauerstoff betankte.

Nicht nur Fantasie

Zwei Abenteuerromane des Franzosen Jules Verne regten die ersten Raketenbauer an. In *Von der Erde zum Mond* (1865) und *Reise um den Mond* (1870) beschrieb Jules Verne die Abenteuer einer dreiköpfigen Mannschaft, die von einer Kanone ins All geschossen werden. Nachdem inzwischen bereits Menschen auf dem Mond waren, kann man erstaunliche Ähnlichkeiten zwischen den Mondflügen und den Geschichten von Verne erkennen. Zum Beispiel erfolgte der Abschuss bei ihm in Florida nahe von Cape Kennedy. Das liegt in Äquatornähe, wo die Erdrotation am größten ist, weshalb Raketen von hier aus leichter die Erdatmosphäre verlassen können. Vernes Kanone hieß *Columbiad*, die Kommandokapsel von *Apollo 11* hieß *Columbia*. Verne beschrieb sogar einen Testflug mit Tieren in einem maßstabsgetreuen Modell.

Trägerraketen

Die *Ariane* ist eine Trägerrakete der Europäischen Raumfahrtagentur ESA. Sie bringt Satelliten oder Raumsonden wie *Giotto* ins All. Wenn eine Rakete gestartet wird, erzeugen die brennenden Treibstoffe heiße Gase, die sich sehr schnell ausdehnen und aus den Triebwerken austreten. Diese so genannte Schubkraft treibt die Rakete in die Höhe.

Wernher von Braun

Der Deutsche Wernher von Braun (1912-1977) war an der Konstruktion der *V2*-Rakete beteiligt, die im Zweiten Weltkrieg eingesetzt wurde. Später lebte von Braun in den USA, wo er für das Weltraumprogramm arbeitete und auch am Entwurf der *Saturn-V*-Rakete mitwirkte.

Überwindung der Schwerkraft

Konstantin Ziolkowski (1857-1935) studierte Mathematik, Physik und Astronomie. Von Jules Vernes Weltraumgeschichten angeregt überlegte er, wie man die Schwerkraft überwinden könnte, und dachte an Raketen für den Flug ins All. Er entwickelte die grundlegende Theorie des Raketenantriebs, auch mit Flüssigtreibstoff, und errechnete die Treibstoffmenge für einen Flug in die Umlaufbahn.

Raketen

Von der Erde aus lässt sich der Weltraum nur eingeschränkt beobachten. Weiter von der Erde entfernt kann man mehr erforschen. Es gab schon früh einige Schriftsteller, die darüber schrieben, doch erst in der zweiten Hälfte des 20. Jahrhunderts wurden solche Flüge Wirklichkeit. Um der Erdanziehungskraft zu entkommen, muss ein Raumfahrzeug 40 200 km/h oder 11 km/s erreichen. Das einzige Fahrzeug, das ausreichend Energie produzieren kann, ist eine Rakete. Die Chinesen bauten die ersten Raketen um 1150. Sie wurden mit Schießpulver angetrieben und als Waffen eingesetzt. Um 1500 versuchte der chinesische Forscher Wan Hu zu fliegen und band 47 Raketen an seine Sänfte. Die Raketen explodierten und Wan Hu wurde nie mehr gesehen. Erst 1903 dachte der Russe Konstantin Ziolkowski daran, Raketen auch für die Weltraumfahrt einzusetzen.

Japanische Hoffnung
Die japanische Raumfahrtbehörde NASDA unterhält Weltraumzentren in Kagoshima und Tanegashima. Mit der zweistufigen *HII*-Rakete möchte die NASDA die Sonne, den Mond und den Mars erforschen.

Mondrakete
Die *Saturn-V*-Rakete, die das bemannte Raumschiff *Apollo* zum Mond brachte, war die größte jemals gebaute Rakete. Sie war eine dreistufige Rakete: Die erste Stufe diente zum Start. Sobald der Treibstoff verbraucht war, trennte sich die erste Stufe und fiel zur Erde zurück. Die zweite Stufe wurde gezündet und die jetzt leichtere Rakete flog höher und schneller. Die dritte Stufe beförderte die Rakete schließlich in ihre Flugbahn.

Sputnik und andere Satelliten

Am 4. Oktober 1957 verfolgte die ganze Welt piepsende Funksignale aus dem Weltraum. Die Sowjetunion schoss *Sputnik* (»Reisender«), den ersten künstlichen Satelliten, ins All. Im Januar 1958 starteten die USA ihren ersten Satelliten, *Explorer 1*. Das war der Beginn des Weltraumzeitalters. Seit dieser Zeit wurden Tausende von Satelliten gestartet – für Forschung, Kommunikation, Navigation, Spionage, Wetterbeobachtung und für die Astronomie. Manche Arten von Strahlung, wie Röntgenstrahlen, Infrarot- oder Ultraviolettstrahlen, können die Atmosphäre nicht durchdringen und daher von der Erde aus nicht untersucht werden. Satelliten oberhalb der Erdatmosphäre können sie dagegen ohne Störung empfangen.

Luftverschmutzung
Die US-amerikanische Zentralbehörde für Luft- und Weltraumfahrt NASA unterhält ein Satellitenprogramm zur Erdbeobachtung. Um die Folgen der Luftverschmutzung zu erforschen, wurde 1991 ein Satellit in die Umlaufbahn geschossen, der die Veränderungen der Ozonschicht untersucht.

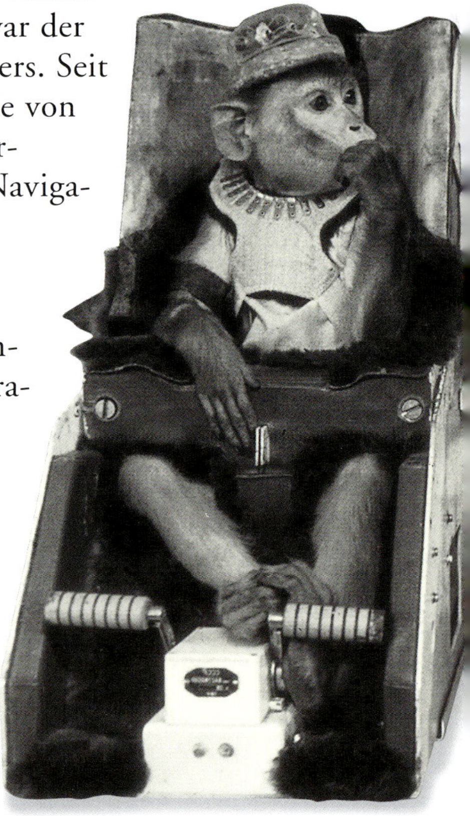

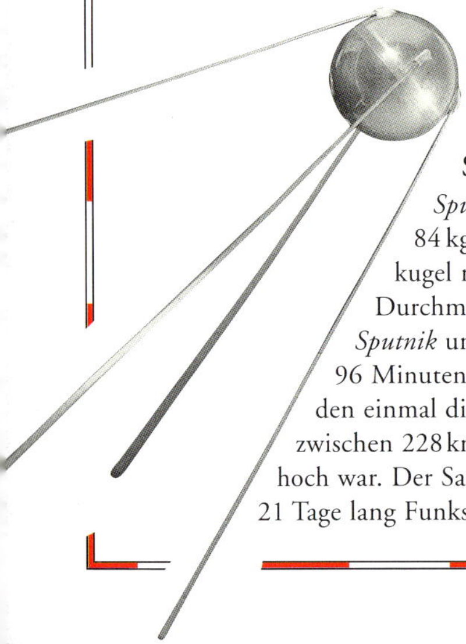

Sputnik
Sputnik 1 war eine 84 kg schwere Stahlkugel mit einem Durchmesser von 58 cm. *Sputnik* umrundete alle 96 Minuten und 17 Sekunden einmal die Erde, wobei er zwischen 228 km und 947 km hoch war. Der Satellit sandte 21 Tage lang Funksignale zur Erde.

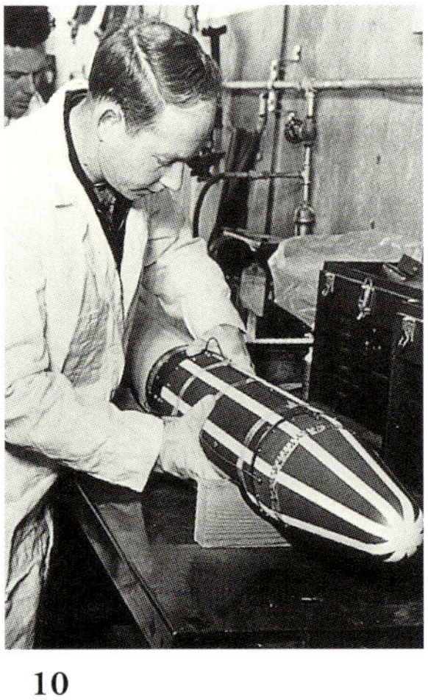

Klein, aber stark
Explorer 1, der erste US-Satellit, umrundete 12 Jahre lang die Erde und sammelte Informationen über Temperaturen, Meteoriten und kosmische Strahlungen. Er entdeckte auch den Van-Allen-Gürtel in 1000 km Höhe. In einem Zeitraum von 30 Jahren wurden 55 *Explorer*-Forschungssatelliten gestartet.

Telstar
Telstar 1 war der erste Nachrichtensatellit. Der von der Bell-Telefongesellschaft in den USA gebaute Satellit wurde 1962 gestartet. Mittels Mikrowellenstrahlung und Sonnenenergie übermittelte er Telefon- und Radiosignale. Er hatte auch einen Fernsehkanal, über den die erste Livesendung aus den USA in Europa ausgestrahlt wurde.

Auf ins All!
Verney und Gordy, zwei Rhesusaffen, waren die »Versuchspersonen« zur Untersuchung des Blutflusses im Weltraum. Sie wurden für eine sowjetisch-amerikanische Forschungsmission zusammen mit Ratten, Molchen, Insekten und Pflanzen ins All geschossen. Nach einer Woche kehrten sie gesund zurück.

WELTRAUM – Zeitleiste –

1865, 1870
Jules Verne veröffentlicht seine beiden Romane *Von der Erde zum Mond* und *Reise um den Mond.*

1903
Der russische Lehrer Konstantin Ziolkowski veröffentlicht die Grundgleichung des Raketenantriebs.

1919
Robert Goddard veröffentlicht die Ergebnisse seiner Raketen-Experimente. Seiner Meinung nach kann eine Rakete auch bis zum Mond fliegen.

Auf großer Fahrt
Während eines Weltraumfluges zeichneten Forscher die Körperfunktionen von Hector, der weißen Ratte, auf. Es wurden viele Tiere ins All geschossen und untersucht, damit die Forscher genügend Informationen bekamen, um auch einen Menschen sicher losschicken zu können.

Verschollen im All
Mit *Sputnik 2* wurde die Hündin Laika ins All geschossen. Tests zeigten, dass ihr weder Start noch Schwerelosigkeit etwas ausmachten. Sie konnte jedoch nicht mehr zurückgeholt werden und Laika starb in den Weiten des Weltraums.

Mondabzeichen

Die ersten Menschen auf dem Mond trugen dieses von Michael Collins entworfene Abzeichen. Es zeigt einen Weißkopfseeadler, der (mit einem Olivenzweig) auf dem Mond landet. Der Sonnenschein auf der Erde im Hintergrund kommt aus der falschen Richtung – sie müsste oben und nicht auf der Seite beschienen sein.

Flatternde Flagge?

Während Michael Collins in der Kommandokapsel den Mond umrundete, landeten Edwin Aldrin (links und oben) und Neil Armstrong am 20. Juli 1969 auf der Mondoberfläche im »Meer der Ruhe«. Die amerikanische Flagge wird mit einem Draht aufrecht gehalten – so als ob sie flatterte.

Für immer

Auf dem Mond herrscht kein Wind, daher wird Neil Armstrongs Fußabdruck nie verwehen.

Die Mondrückseite

Bevor *Luna 3* dieses Bild aufnahm, hatte noch nie ein Mensch die Rückseite des Mondes gesehen. Auf seinem Weg um die Erde dreht sich der Mond so, dass uns immer nur eine Seite zugewandt ist.

Flüge zum Mond

Der Mond ist unser nächster Himmelskörper – er umrundet die Erde in einer Entfernung von durchschnittlich 384 403 km. Der Mond war das Ziel für die erste Weltraumreise der Menschheit – und doch haben ihn bisher nur 12 Menschen betreten. Sowjetische *Luna*-Sonden landeten als Erste auf dem Mond. *Luna 2* stürzte auf die Mondoberfläche ab, *Luna 3* nahm das erste Foto der Mondrückseite auf. Im Mai 1961 unternahm der Amerikaner Alan Shepard einen 15-minütigen Weltraumspaziergang. US-Präsident Kennedy forderte die Nation in einer Rede vor dem Kongress auf, noch vor Ende des Jahrzehnts einen Menschen auf den Mond zu schicken – was tatsächlich gelungen ist!

Das Rennen ins All

Das Ziel, einen Menschen ins All zu schicken, war für amerikanische Forscher eine große Herausforderung. Die Begeisterung für dieses Projekt war riesig, ebenso der Wunsch, schneller als die Sowjetunion zu sein. In weniger als zehn Jahren gelang es den Amerikanern, Menschen auf dem Mond landen zu lassen. *Apollo 11*, die Mission mit den ersten Astronauten auf dem Mond, startete am 16. Juli 1969.

Lunochod

Lunochod war ein Fahrzeug, das 1970 die unbemannte sowjetische Sonde *Luna 17* zum Mond transportierte. Es wurde von der Erde aus ferngesteuert. Mittels Fernsehkameras konnten Wissenschaftler die Mondoberfläche untersuchen.

Zurück zur Erde

Die Rückkehr der Astronauten zur Erde ist genauso kompliziert und gefährlich wie der Start ins All. Die *Apollo*-Kommandokapsel landete im Pazifischen Ozean, ein Schwimmgürtel hielt sie über Wasser. Froschmänner von wartenden Marineschiffen eilten den Astronauten in der Kapsel zu Hilfe.

Astronauten

Auf einen Flug ins All müssen sich Astronauten sehr gut vorbereiten. Sie müssen wissen, wie sich ihr Körper in der Schwerelosigkeit verhält, und sie müssen mit der Technik des Raumfahrzeugs und der Instrumente vertraut sein. Die ersten Astronauten mussten zudem ziemlich klein sein, damit sie in das kleine Raumfahrzeug passten. Bislang sind erst rund 400 Astronauten ins All geflogen, nur 26 kamen über eine relativ nahe Erdumlaufbahn hinaus.

Die erste Frau

Walentina Tereschkowa (geb. 1937) war die erste Frau im All. Sie startete mit *Wostok 6* am 16. Juni 1963, umrundete 45-mal die Erde und landete am 19. Juni mit einem Fallschirm sicher auf der Erde. Bevor sie mit der Vorbereitung zur Weltraumfahrt begann, war sie Schneiderin und Hobby-Fallschirmspringerin.

John Glenn

John Glenn, hier bei einem Atemtest während des Trainings, umrundete am 20. Februar 1962 als erster Amerikaner die Erde. Nach einem dramatischen Wiedereintritt in die Erdatmosphäre, bei dem brennende Teile seiner Kapsel am Fenster vorbeiflogen, landete er im Atlantik.

Weltraumnahrung

Auch Astronauten im All müssen essen! Die Mahlzeiten sind in einzelnen Portionen verpackt. Bei den *Apollo*-Missionen waren sie gefriergetrocknet, wie diese Packung mit Rindfleisch und Gemüse. Es wurde Wasser eingefüllt und die Astronauten sogen das Essen aus der Packung. Der moderne Shuttle hat inzwischen einen Ofen. Getränke werden durch spezielle Mundstücke aufgenommen, damit kein Tropfen verschüttet wird, der dann durch die Kabine schweben würde.

Erster im All

Juri Gagarin (1934-1968), der erste Mensch im All, war Pilot bei der sowjetischen Luftwaffe. Gagarin umrundete am 12. April 1961 in einem *Wostok*-Raumfahrzeug einmal die Erde. Er kehrte zur Erde zurück, indem er sich in vier Kilometern Höhe aus dem Fahrzeug schleuderte und mit einem Fallschirm zu Boden fiel.

Bis zu diesem Flug wusste man nicht, ob ein Mensch die im Weltraum herrschenden Bedingungen aushalten würde. Gagarin wurde über Nacht weltberühmt. Während eines Trainingsflugs für das neue *Sojus*-Raumfahrzeug kam er beim Absturz seiner *MiG-15* ums Leben.

Arbeiten im All

Um das Raumfahrzeug verlassen zu können, muss ein Astronaut einen schützenden Anzug tragen. Früher waren die Astronauten durch ein Seil mit ihrem Raumfahrzeug verbunden. Heute benutzen sie eine so genannte Bemannte Manövriereinheit – einen sesselartigen, düsenbetriebenen Rucksack. Damit kann sich ein Astronaut bis zu 100 m vom Shuttle fortbewegen. Die Energie der Manövriereinheit reicht für sieben Stunden – so hat der Astronaut genügend Zeit, Arbeiten außerhalb des Shuttles durchzuführen oder einen Satelliten einzuholen.

WELTRAUM – Zeitleiste –

1925
Edwin Hubble beweist, dass der Andromeda-Nebel nicht Teil der Milchstraße ist, sondern eine eigene Galaxie darstellt.

1930
Clyde Tombaugh entdeckt den Planeten Pluto.

1932
Karl Jansky empfängt Radiosignale aus dem All.

1949
Man erkennt, dass die Radiosignale von Sternen und anderen Himmelskörpern ausgesandt werden.

1957
Die Sowjetunion startet den ersten Satelliten, *Sputnik 1*.

1958
Explorer 1, der erste amerikanische Satellit, wird gestartet.

1961
Am 12. April fliegt Juri Gagarin aus der Sowjetunion als erster Mensch ins All.

Die »Merkur-Sieben«

Für die Ausbildung zu den ersten Astronauten wurden sieben US-Piloten ausgewählt. Es waren (hinten, von links nach rechts) Alan Shepard, Virgil Grissom, Gordon Cooper; (vorne, von links nach rechts) Walter Schira, Donald Slayton, John Glenn und Scott Carpenter. Die Amerikaner waren geschockt, als die Sowjetunion den ersten Menschen in den Weltraum schoss. Das Vorhaben, einen Amerikaner ins All zu schicken, wurde beschleunigt. Am 5. Mai 1961 landete Alan Shepard schließlich nach einem 15-minütigen Flug wieder im Atlantik.

Hin zur Sonne

Die Menschen können im All nur sehr kurze Strecken zurücklegen. Um die weiter entfernt liegenden Bereiche des Sonnensystems erforschen zu können, senden sie Raumsonden aus. Eine Sonde ist eine Art Forschungsroboter, der mit verschiedenen Instrumenten ausgestattet ist, um Messungen oder Experimente durchzuführen und Fotografien aufzunehmen. Manchmal dauert es viele Jahre, bis eine Raumsonde ihr Ziel erreicht. Dabei fliegt sie an mehreren Himmelskörpern vorbei, fotografiert sie und sammelt weitere Informationen. Die ersten Raumsonden wurden zum Mond und zur Venus, dem erdnächsten Planeten, geschickt. Ab 1960 schickte die Sowjetunion 18 *Venera*-Sonden zu diesen Planeten. Der gewaltige atmosphärische Druck und die extreme Hitze zerstörten viele dieser Sonden, doch manche hielten lange genug durch, um brauchbare Informationen zu senden. Die US-amerikanische Sonde *Mariner 2* erreichte die Venus 1962. In der Zwischenzeit sammelten die Sonden eine ganze Menge an interessantem Material.

Wolken auf der Venus

Fotos aus dem All, wie dieses von *Mariner 10* aufgenommene Bild, zeigen eine dicke, wolkige Atmosphäre auf der Venus. Obwohl der Planet langsam rotiert (allerdings in die entgegengesetzte Richtung im Vergleich zu allen anderen Planeten), bewegen sich die Wolken sehr schnell: In nur vier Tagen haben sie den Planeten einmal umrundet. Sie sind sehr dicht und bestehen aus Schwefelsäuretröpfchen und Gasen wie Kohlendioxid.

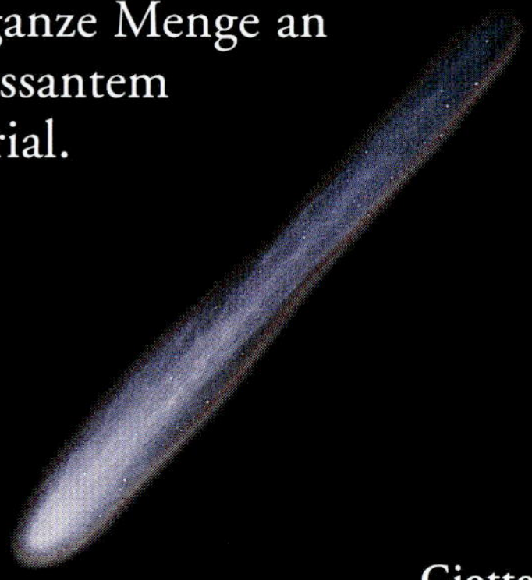

Giotto

1985 schoss die ESA *Giotto* mit einer *Ariane*-Trägerrakete ins All. Im Jahr 1986 flog *Giotto* am Halleyschen Kometen vorbei und näherte sich dem Kometenkern bis auf 605 km. Dabei zeigte sich, dass dieser erdnussförmig ist und eine dunkle, mit Kratern übersäte Oberfläche hat. Neben den Europäern sandten auch die Sowjetunion und Japan Sonden zum Halleyschen Kometen.

Kontrollzentren

Alle Sonden werden ständig von der Erde aus kontrolliert. In den Kontrollzentren arbeiten viele Techniker, die den Raumfahrzeugen Anweisungen schicken und die von ihnen erhaltenen Informationen entschlüsseln. Die Kontrollzentren spielen in allen Weltraumprojekten eine sehr wichtige Rolle.

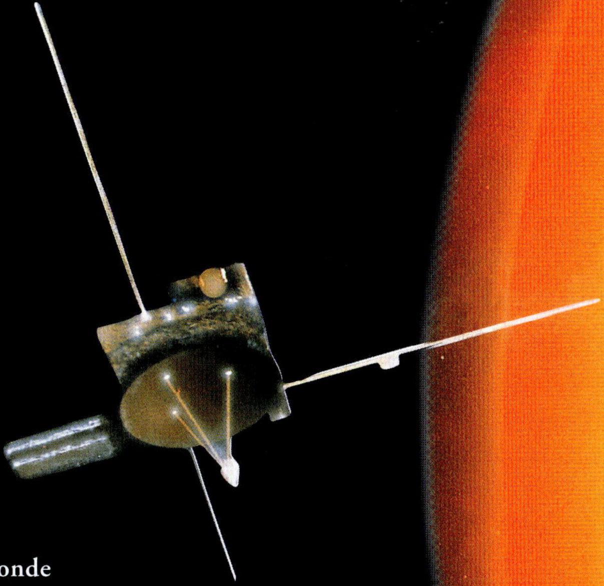

Sonnenbeobachtung

Ohne unseren Stern, die Sonne, gäbe es auf der Erde kein Leben. Seit Urzeiten sind die Menschen an der Sonne und ihren Eigenschaften interessiert. Die Sonde *Ulysses* wurde von der ESA konstruiert und im Oktober 1990 mit dem Shuttle *Discovery* ins All gebracht. Sie umrundet die Sonne über den Sonnenpolen und untersucht den Sonnenwind sowie die Teilchen, aus denen er besteht.

Magellan-Sonde

Im Jahr 1989 schickte die NASA die *Magellan*-Sonde zur Venus. Mittels eines Radars konnte sie die Oberfläche des Planeten großflächig kartieren. Mit diesen Informationen erstellten Wissenschaftler ein dreidimensionales Computermodell von der Venusoberfläche. Dabei entdeckten sie, dass die Venus von Vulkanen übersät ist.

Merkur

Mariner 10, die letzte einer ganzen Reihe US-amerikanischer Sonden, flog dreimal am sonnennächsten Planeten, dem Merkur, vorbei und besuchte damit bisher als einzige Sonde den Merkur. Die 1973 gestartete Sonde war besonders gegen die enorme Hitze geschützt. *Mariner* übermittelte 8000 Bilder von der Oberfläche des Merkurs, die ähnlich der des Mondes von Kratern übersät ist. *Mariner 10* erforschte auch, dass die Temperaturen auf dem Merkur zwischen 420 °C und -180 °C schwanken und dass er eine sehr dünne Atmosphäre besitzt.

Marsbeobachtung
1971 wurde *Mariner 2* gestartet. Sie flog um den Mars und war somit die erste Sonde, die einen Planeten umrundete. Dabei schoss sie 6876 Fotos von seiner Oberfläche. Sie zeigen Vulkane, wie den Olympus Mons, den größten Vulkan unseres Sonnensystems. *Mariner* fand Kanäle, die wie ausgetrocknete Flüsse aussahen, aber keine Spur von Vegetation. Die Sonde machte auch Fotos von den zwei Marsmonden, Phobos und Deimos.

Von der Sonne weg

Die meisten Planeten des Sonnensystems sind von der Sonne weiter entfernt als die Erde. Mars, Jupiter und Saturn sind den Astronomen schon seit dem Altertum bekannt. Uranus wurde 1781 entdeckt, Neptun 1846 und Pluto erst 1930. Ein weiteres Objekt jenseits des Pluto entdeckte man 1992. Der äußere Rand des Sonnensystems ist noch größtenteils unerforscht. Nur *Voyager 2* flog bislang an Neptun vorbei. Mars, der zweitnächste Planet zur Erde, wurde inzwischen schon von mehr als 20 Sonden der Sowjets, Amerikaner und Japaner besucht, weitere sollen folgen. Die *Pioneer-* und *Voyager-*Sonden erreichten auch schon Jupiter, Saturn, Uranus und Neptun.

Nächster Halt: Saturn
Die *Cassini-*Sonde wurde 1997 von der NASA auf die Reise zum Saturn geschickt. Sie soll ihn 2004 erreichen, dann vier Jahre lang den Planeten erforschen und bei 63 Umrundungen alle größeren Monde passieren. An Bord von *Cassini* befindet sich eine ESA-Sonde namens *Huyghens*, die 2005 in die Atmosphäre des Mondes Titan eintauchen soll. Astronomen glauben, Titan könne so aussehen wie die Erde zu der Zeit, als sich das Leben entwickelte. Sie hoffen auf aufschlussreiche Bilder und wichtige Entdeckungen.

Ringe und Monde
Den Saturn besuchten drei Sonden – *Pioneer 1* und beide *Voyager*. Sie fanden heraus, dass die Ringe aus Millionen kleiner Eis- und Gesteinsbrocken sowie aus Staubteilchen bestehen. Es gibt Hunderte von schmalen, nur etwa 1 km breiten Ringen. Manche sind kreisrund, andere oval und zumindest einer ist gekrümmt. Der Saturn hat mindestens 18 Monde! Der Planet selbst besitzt ein starkes Magnetfeld und eine sehr geringe Dichte.

Erkundung des Neptuns

Voyager 2 konnte vier Planeten besuchen, da diese auf einer Linie liegen. Sie sind so positioniert, dass *Voyager 2* auf dem Weg von der Erde die Schwerkraft jedes Planeten so nutzen konnte, dass sie weiter in den Weltraum gestoßen wurde. Nach dem Start 1977 flog sie 2 Jahre, bis sie Neptun erreichte. *Voyager 2* entdeckte einen gewaltigen Sturm, den man als Großen Dunklen Fleck bezeichnet. Sie fand außerdem sechs Monde und vier sehr schwache Ringe.

Marssonde Pathfinder

Die Marssonde *Pathfinder* setzte 1997 eine Kapsel auf der Marsoberfläche ab. In der Kapsel befand sich ein Geländefahrzeug namens *Sojourner*. Oben untersucht *Sojourner* einen Felsbrocken, der Yogi genannt wird. Ursprünglich sollte *Pathfinder* den Mars 30 Tage lang erkunden, doch die Sonde schaffte es dreimal länger. Im März 1998 verlor die NASA den Kontakt zu *Pathfinder*.

Bei Jupiter!

Pioneer 10 wurde im März 1972 gestartet; im Dezember 1973 erreichte sie den Jupiter. Es war die erste Sonde, die über den Mars hinausflog, und auch die erste, die den Asteroidengürtel durchquerte. *Pioneer 10* machte die ersten Nahaufnahmen vom Jupiter. Sie fand heraus, dass der Planet keine feste Oberfläche hat und dass sein Magnetfeld 2000-mal stärker ist als das der Erde.

WELTRAUM – Zeitleiste –

1961

5. Mai: Alan Shepard ist der erste Amerikaner im All.

5. Mai: Präsident Kennedy fordert die Nation auf, noch innerhalb des Jahrzehnts einen Menschen auf den Mond zu schicken.

1962

Telstar, der erste kommerzielle Satellit der Welt, wird gestartet.

1963

Das Radioteleskop von Arecibo wird errichtet.

1969

19. Juli: *Apollo 11* geht auf die Reise zum Mond.

20. Juli: Neil Armstrong betritt als erster Mensch den Mond.

1975

Das *Very Large Array*, das größte Radioteleskop der Welt, wird in Betrieb genommen.

1977

Voyager 1 und *2* werden gestartet.

1980

Voyager 1 erreicht den Saturn und verlässt danach das Sonnensystem.

1981

Erster Flug eines Spaceshuttles *(Columbia)*

1986

Giotto fliegt am Halleyschen Kometen vorbei.

Challenger-Unglück: Der Spaceshuttle explodiert 73 Sekunden nach dem Start.

Der erste Teil der Raumstation *Mir* wird in der Erdumlaufbahn stationiert.

Missionsabzeichen

Jeder Shuttleflug hat ein eigenes Missionsabzeichen. Dieses Abzeichen wurde im Juni 1998 beim letzten amerikanischen Kontakt mit der russischen Raumstation *Mir* getragen. Es zeigt die Nummer der Mission und die Namen der Teilnehmer. Die Mission diente zur Versorgung der Raumstation, außerdem wurde der amerikanische Astronaut Andrew Thomas nach Hause geholt.

Der Start

Der Shuttle startet wie eine Rakete. Er wird an einem Außentank und zwei Zusatztriebwerken befestigt. Zwei Minuten nach dem Start, wenn der Shuttle in 45 km Höhe ist, fallen die Zusatztriebwerke ab. Sie landen mit Fallschirmen im Meer und werden geborgen. Acht Minuten nach dem Start ist der Brennstoff im Außentank aufgebraucht. Dann fällt auch er ab und verglüht in der Erdatmosphäre.

Huckepack-Shuttle

Die NASA transportiert die Shuttles innerhalb der USA mit einer speziell ausgelegten Boeing 747. Der Shuttle sitzt huckepack auf der Boeing, da er nicht wie ein Flugzeug starten kann.

Tödliches Eis

Am 28. Januar 1986 explodierte der Shuttle *Challenger* 73 Sekunden nach dem Start. Dabei kamen alle sieben Besatzungsmitglieder ums Leben – es war das schwerste Unglück der Weltraumfahrt. Eis auf der Startplattform hat eines der Zusatztriebwerke beschädigt, sodass flüssiges Gas austreten konnte. Das Gas entzündete sich und verursachte eine gewaltige Explosion.

Der Spaceshuttle

Der Start von Sonden und Satelliten mit Raketen ist sehr teuer. Um Kosten einzusparen, entwickelten die US-Amerikaner ein wieder verwendbares Raumfahrzeug – den Shuttle. Es gibt vier Shuttles, die regelmäßig eingesetzt werden. Shuttles werden zum Start, zum Einholen und zur Reparatur von Satelliten verwendet. In den 14 Tagen, die sie im All bleiben können, dienen sie auch als Labors. Bei jeder Shuttlemission sind ein Kommandant, ein Pilot und mehrere Spezialisten an Bord, die Weltraumspaziergänge unternehmen oder wissenschaftliche Experimente durchführen.

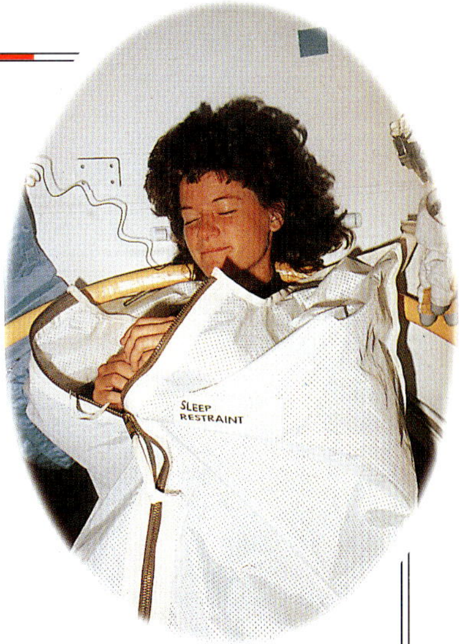

Träumen im All
Im All gibt es weder oben noch unten, daher können Astronauten überall schlafen. Sally Ride, die erste US-amerikanische Astronautin, schläft hier in einem Schlafsack, der an einer Wand im Shuttle festgemacht ist. So schwebt sie nicht durch den Raum und wacht an derselben Stelle wieder auf!

Unter Kontrolle
Alle Kontrollgeräte des Spaceshuttles befinden sich im Cockpit. Es gibt Kontrollgeräte und Anzeigen für alle Systeme im Shuttle – z. B. für die Luft- und Kraftstoffzufuhr, für die Arbeiten im Freien und für die Fracht im Nutzlastraum. Der Kommandant sitzt im Cockpit links, der Pilot sitzt rechts.

Weiche Landung
Soll der Shuttle zur Erde zurückkehren, werden die Motoren zum Bremsen eingesetzt. Sobald er langsamer wird, fällt er zur Erde zurück. Beim Eintritt in die Atmosphäre erhitzt sich der Shuttle so stark, dass die ihn umgebende Luft glüht und die Funkverbindung unterbrochen wird. Die Besatzung ist durch die Kachelbeschichtung des Shuttles vor der Hitze geschützt. In Bodennähe wird der Shuttle durch die Landeklappen und einen Fallschirm abgebremst und landet wie ein Flugzeug.

Hilfe vom Computer
Berufsastronomen blicken nur noch selten durch ein Teleskop! Die meiste Arbeit verrichten sie an Computern. Dieser Astronom arbeitet an Bildern, die mithilfe eines Radioteleskops gewonnen wurden. Das Observatorium am Plateau de Bure in Frankreich hat fünf Schüsseln, die Pulsare untersuchen – Sterne in weit entfernten Galaxien, die regelmäßige Radiosignale aussenden.

Moderne Teleskope

Ein großer Teil der astronomischen Forschung wird immer noch mit Teleskopen von der Erde aus betrieben. Satelliten haben zwar auch schon reichhaltige Informationen geliefert, doch sind sie meist auf ein Objekt ausgerichtet oder sie funktionieren nur in einem bestimmten Strahlenspektrum. Astronomen arbeiten heute mit optischen Teleskopen, die in hoch gelegenen, trockenen Gebieten stehen, wo der Himmel klar ist und keine künstlichen Lichter stören. Die meisten optischen Teleskope sind große, computergestützte Spiegelteleskope mit Kameras. Radiowellen, die von Himmelskörpern stammen, wurden erstmals 1932 entdeckt; Radioteleskope wurden jedoch erst nach dem Zweiten Weltkrieg entwickelt. Radioteleskope sehen nicht, sondern hören. Sie empfangen schwächere Signale als optische Teleskope und können deshalb viel weiter entfernte Objekte wahrnehmen. Sie entdeckten im Universum Radioquellen wie Pulsare und Quasare. Manche dieser Objekte sind 13 Milliarden Lichtjahre entfernt.

Der Urknall
Satellitenteleskope eröffneten den Astronomen neue, bislang unbekannte Weiten. Dabei steht die Frage nach dem Beginn des Universums an erster Stelle. Die Urknall-Theorie geht davon aus, dass vor etwa 15 Milliarden Jahren alles mit einer gigantischen Explosion begann. *COBE*, ein Satellit zur Untersuchung der kosmischen Hintergrundstrahlung, wurde 1989 gestartet. Er soll die Mikrowellenstrahlung untersuchen, die überall im Universum vorhanden ist. *COBE* stellte Schwankungen fest, die als Reste des Urknalls gedeutet werden.

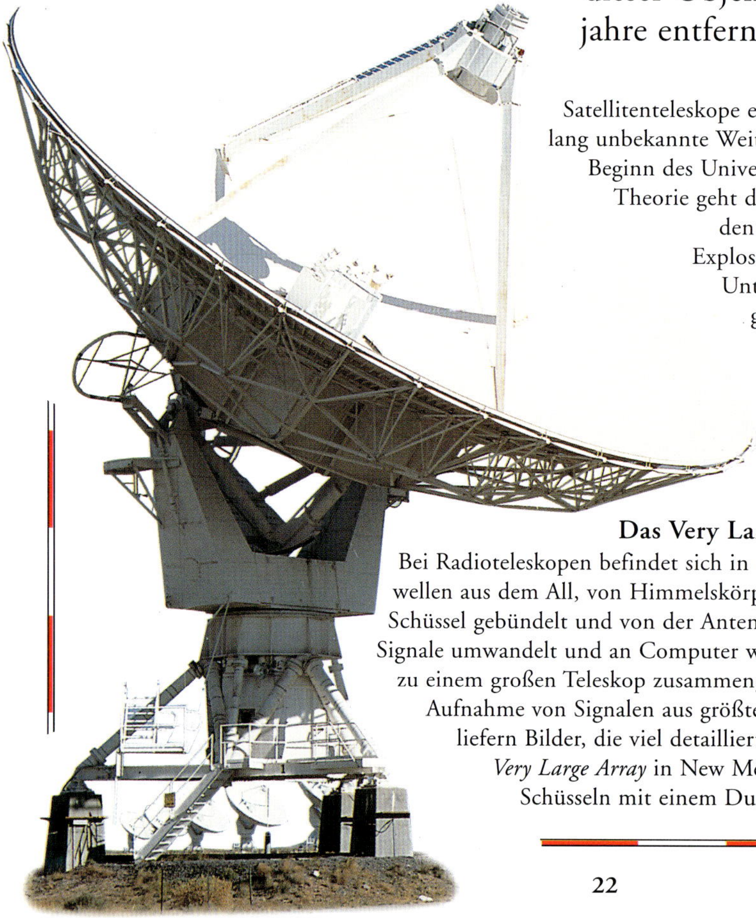

Das Very Large Array
Bei Radioteleskopen befindet sich in der großen Schüssel eine Antenne. Radiowellen aus dem All, von Himmelskörpern oder Raumfahrzeugen, werden in der Schüssel gebündelt und von der Antenne aufgenommen, die sie in elektronische Signale umwandelt und an Computer weiterleitet. Mehrere Radioteleskope können zu einem großen Teleskop zusammengeschaltet werden, das den Astronomen die Aufnahme von Signalen aus größter Entfernung ermöglicht. Diese Teleskope liefern Bilder, die viel detaillierter sind als die der optischen Teleskope. Das *Very Large Array* in New Mexico, USA, besteht aus 27 beweglichen Schüsseln mit einem Durchmesser von je 25 m.

Mauna Kea

Einige Länder, wie die USA, Großbritannien, Kanada und Frankreich, haben optische Teleskope in Observatorien auf dem Vulkan Mauna Kea in Hawaii. In einer Höhe von 4270 m befinden sie sich bereits über einem Drittel der Erdatmosphäre. Hier erhalten die Observatorien nicht nur klarere Bilder, sondern bleiben auch kühl. Es ist wichtig, dass die Instrumente keinen Temperaturschwankungen ausgesetzt sind, denn das würde die Bilder verzerren.

SOHO

Das Sonnenobservatorium *SOHO* ist ein Satellit der ESA, der die Sonne umrundet. Er hat 12 Instrumente an Bord, mit denen er die Sonnenatmosphäre und den Aufbau der Sonne untersucht. Eine Ultraviolett-Kamera fotografiert die Sonne täglich bei vier verschiedenen Temperaturen. Auf den Fotos konnte man schon heftige Explosionen und ein Sonnenbeben erkennen, bei dem drei Kilometer hohe Wellen sich mit 400 000 km/h über die Sonnenoberfläche ausbreiteten.

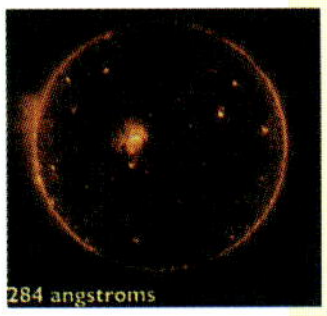

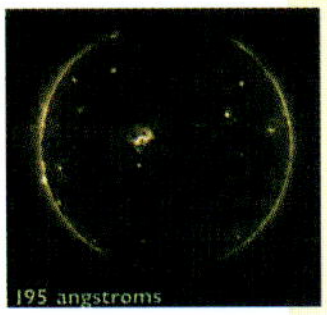

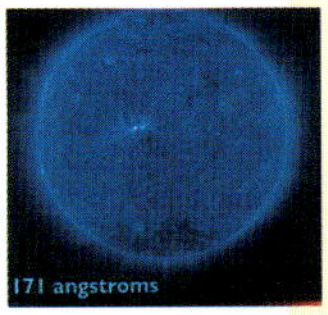

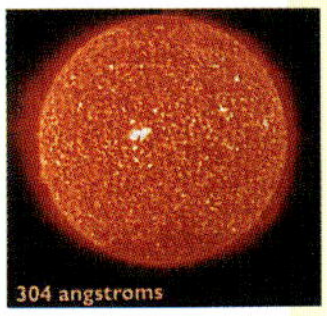

WELTRAUM – Zeitleiste –

1989
Voyager 2 fliegt an Neptun vorbei und verlässt danach das Sonnensystem.

1990
Das *Hubble*-Weltraumteleskop wird ins All geschossen.

1993
Das *Hubble*-Weltraumteleskop wird auf einem Spaceshuttle repariert.

1995
Die Sonde *Galileo* besucht den Jupiter.

1997
Die Sonde *Pathfinder* setzt auf dem Mars das Geländefahrzeug *Sojourner* aus. Die Sonde *Cassini/Huyghens* wird gestartet. *Cassini* soll 2004 am Saturn vorbeifliegen; *Huyghens* soll 2005 den Saturnmond Titan erreichen.

1998
Die Russen kündigen an, dass sie den Betrieb ihrer Raumstation *Mir* 1999 einstellen wollen. Der Termin wird jedoch verschoben.

Hobbyastronomie

Es gibt viele Hobbyastronomen, die mit einfachen Fernrohren den Himmel und die Himmelskörper beobachten.

Manche sammeln Informationen, die sogar für Berufsastronomen nützlich sind: So ist die Entdeckung zahlreicher Kometen den Hobbyastronomen zu verdanken.

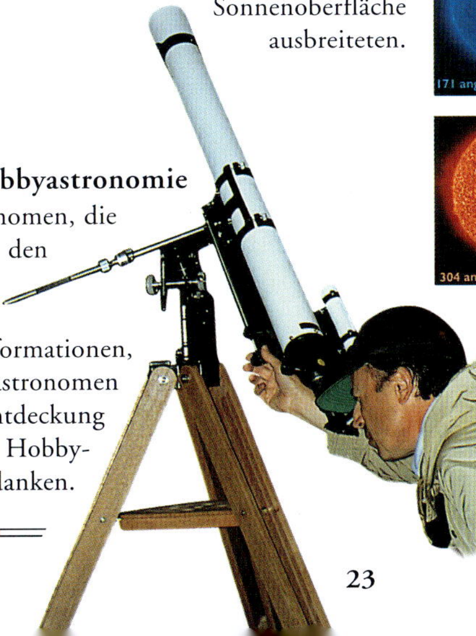

Das Hubble-Weltraumteleskop

Das *Hubble*-Weltraumteleskop ist ein von NASA und ESA gemeinsam gebauter Satellit, der 1990 ins All gebracht wurde. Es handelt sich um ein Spiegelteleskop, das auch ultraviolette Strahlung erkennt. Über zwei Sonnenpaddel wird der Satellit mit Energie versorgt. Das Raumvolumen, das *Hubble* erfassen kann, ist 350-mal größer als das, was wir von der Erde aus sehen. Hubble blickt weit über das Sonnensystem hinaus und sammelt Informationen über die Entstehung von Sternen und Galaxien. Bislang musste das *Hubble*-Weltraumteleskop zwar schon zweimal im All repariert werden, doch es liefert immer noch sehr eindrucksvolle Bilder.

Fehlerhafter Spiegel
Als das *Hubble*-Weltraumteleskop ins All gebracht worden war, stellten die Forscher mit Schrecken fest, dass die aufgenommenen Bilder unscharf waren. Sie fanden heraus, dass der 2,4 m breite Hauptspiegel falsch geschliffen war. Obwohl es sich nur um Bruchteile von Millimetern handelte, brachte es die NASA in große Verlegenheit.

Edwin Hubble
Edwin Hubble (1889-1953), nach dem das Weltraumteleskop benannt wurde, war ein amerikanischer Astronom, der sich vor allem für Nebel und Galaxien interessierte. Er bewies, dass unsere Galaxie, die Milchstraße, nicht die einzige Galaxie im Universum ist.

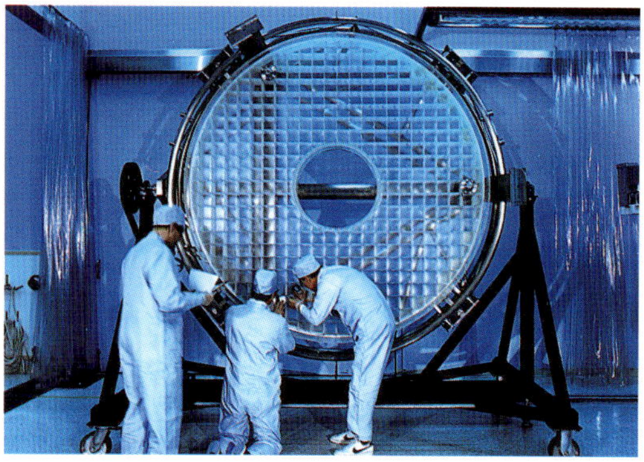

Die Hubble-Optik
Satelliten werden in einer sterilen Umgebung mit gleich bleibender Temperatur konstruiert, da Staub oder Temperaturschwankungen die feinen Instrumente beschädigen könnten. Das Schleifen der Spiegel und der Linsen für Teleskope erfordert höchste Genauigkeit. Die optischen Teile des *Hubble*-Weltraumteleskops wurden mit äußerster Sorgfalt hergestellt.

Die Rettung

Der Spaceshuttle *Endeavour* wurde 1993 auf eine Mission zur Reparatur des Teleskops geschickt. Zwei Astronauten fingen das Teleskop ein und hievten es mit dem Roboterarm in den Nutzlastraum des Shuttles. Dort wurden die Solarpaddel und die Weitwinkel-Planetenkamera ausgetauscht und die fehlerhafte Linse korrigiert. Die anderen Instrumente wurden noch einmal untersucht. Die gesamte Reparatur dauerte 35 Stunden und war ein voller Erfolg.

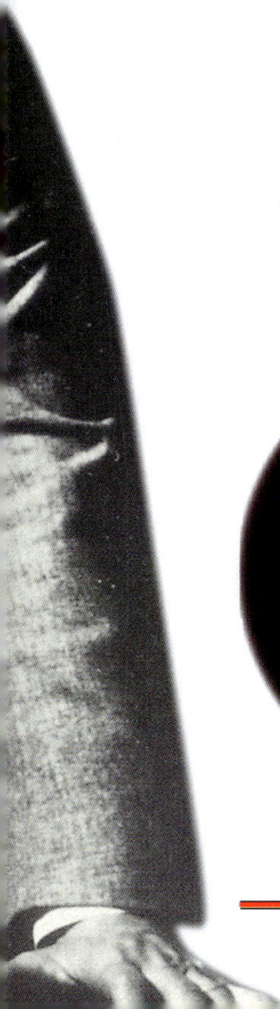

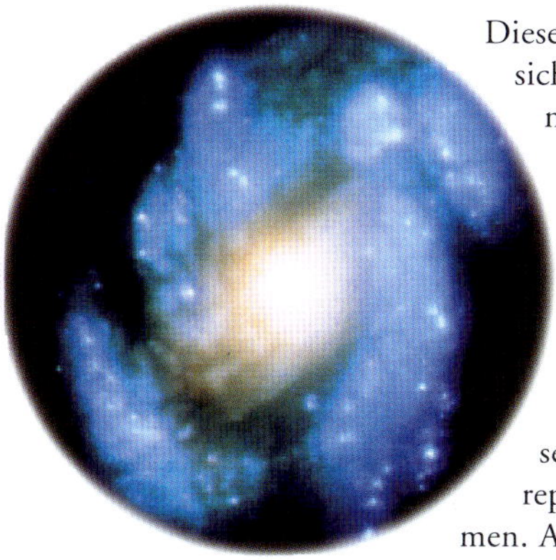

Vorher – nachher

Diese zwei Bilder zeigen, wie sehr sich die Qualität der Aufnahmen durch die Reparatur verbessert hat. Links ist eine Fotografie der Galaxie M100 zu sehen, mit der fehlerhaften Linse aufgenommen. Rechts sieht man dasselbe Bild, jedoch mit der reparierten Linse aufgenommen. Astronomen können darin jetzt Sternhaufen und einzelne Sterne erkennen. M100 ist mehrere hundert Millionen Lichtjahre entfernt. Sie befindet sich im Sternbild Jungfrau.

Mir

Die russische Raumstation *Mir* besteht aus mehreren Teilen, Module genannt. Jedes hat eine andere Aufgabe. Das Kernmodul beinhaltet den Aufenthaltsraum, andere Module enthalten Labors und Andockvorrichtungen. An den Seiten stehen Sonnenpaddel hervor. Der Spaceshuttle *Atlantis* hat eine besondere Andockvorrichtung, um an der Raumstation festzumachen.

Im Netz

Ein amerikanisches Schulkind schlug vor, zu untersuchen, ob Spinnen auch im All Netze spinnen können. Die Spinnen Anita und Arabella wurden zu einer *Skylab*-Mission mitgenommen. Die Schwerelosigkeit verwirrte Arabella zunächst, sodass sie in den ersten beiden Tagen kein ordentliches Netz zustande brachte. Anita wurde die ersten sieben Tage am Spinnen gehindert. Als sie endlich freigelassen wurde, war die Schwerelosigkeit für sie kein Problem mehr.

Rendezvous

Im Jahre 1995 startete ein 2-Jahres-Programm, während dessen die USA und Russland im Weltraum zusammenarbeiteten. Russische Kosmonauten waren an Bord des Shuttles *Atlantis* und US-Astronauten arbeiteten in der Raumstation *Mir*. Beim ersten Treffen entstand dieses Gruppenbild im *Spacelab*-Modul im Nutzlastraum der *Atlantis*. *Mir*-Kommandant Wladimir Dezhurow ist links hinter dem Mann mit verschränkten Armen zu sehen. *Atlantis*-Kommandant Robert Gibson steht kopfüber oben rechts in der Ecke.

Raumstationen

Eine Raumstation ist ein sehr großer Satellit. Er ist so groß, dass in ihm Astronauten länger leben und arbeiten können als in jedem anderen Raumfahrzeug. Bislang gab es acht sowjetische Raumstationen: Sieben trugen den Namen *Saljut*; die momentan von Russland eingesetzte Raumstation heißt *Mir*. Die USA haben eine Raumstation, *Skylab*, und die ESA baute das so genannte *Spacelab*, das im Nutzlastraum des Spaceshuttles eingesetzt wird. In einer Raumstation können längere und kompliziertere Experimente durchgeführt werden als in anderen Raumfahrzeugen, was für die zukünftige Weltraumforschung sehr wichtig ist. Es können auch wertvolle Informationen darüber gewonnen werden, wie der Mensch auf Schwerelosigkeit reagiert. Astronauten aus verschiedenen Ländern arbeiten hier außerdem an Vorhaben wie der Gewinnung von sehr reinen Medikamenten.

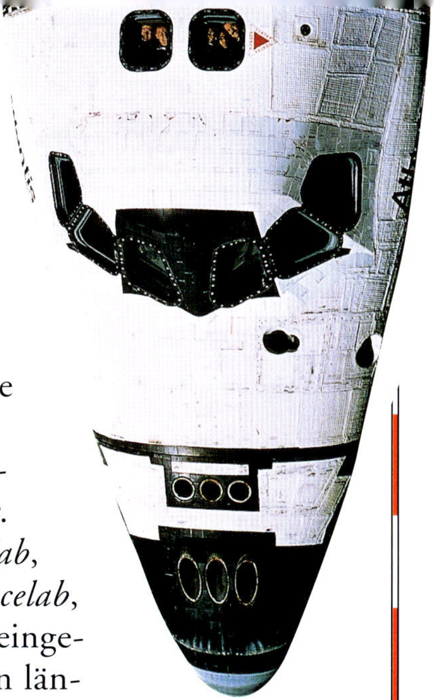

Direkte Belieferung
Die Astronauten sehen aus dem Fenster, als die *Atlantis* bei der *Mir* ankommt. Zu dieser Mission gehörte die Lieferung eines angedockten Moduls. Das Andocken zwischen Spaceshuttle und Raumstation *Mir* verlangt exaktes Manövrieren, da die *Mir* mit einer Geschwindigkeit von 27 000 km/h die Erde umrundet.

Schwerelosigkeit
Die Schwerelosigkeit im All kann lustig sein, wie es die *Skylab*-Astronauten Edward Gibson (schwebend) und Gerald Carr vorführen. Sie schafft jedoch medizinische Probleme. Astronauten in Raumstationen müssen jeden Tag bis zu drei Stunden trainieren, um sich fit zu halten. Sie nehmen auch zusätzliche Vitamine und Kalzium ein. Sowjetische Kosmonauten waren teilweise über ein Jahr an Bord der *Mir*, doch weiß noch niemand, wie sich ein mehrjähriger Aufenthalt im All auf einen Menschen auswirken würde.

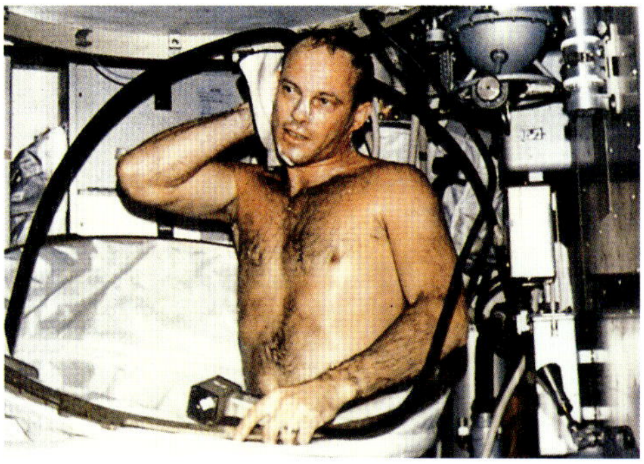

Duschvergnügen
An Bord des *Skylab* gab es eine Dusche, die sich heraufziehen und um den Körper herum schließen ließ. Das Wasser wurde durch einen Duschkopf geblasen und dann abgesaugt – ähnlich, als würde man sich mit einem Staubsauger trocknen. Doch die Dusche war leck. Daher verwenden die Astronauten an Bord des Shuttles nur noch Schwämme.

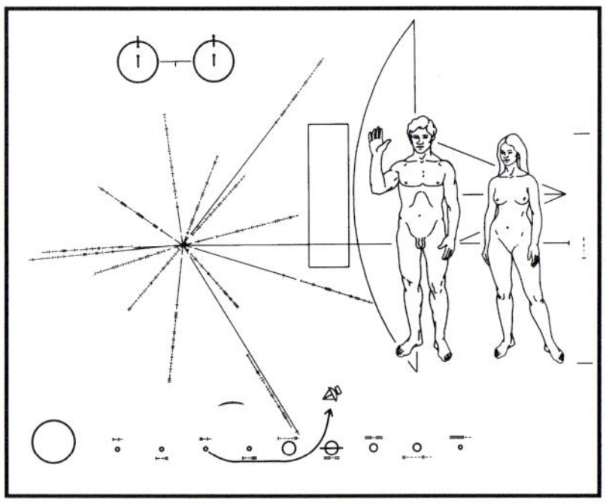

Bilder im All
Zwei *Pioneer*-Sonden, Nummer *10* und *11*, befinden sich auf besonderer Mission. Nachdem sie die Asteroiden, den Jupiter und den Saturn erforscht hatten, stießen sie in die Tiefen des Weltraums vor. Jede Sonde trägt an der Außenseite eine Tafel mit sich, auf der dieselben Symbole eingraviert sind: Sie zeigen ein Wasserstoffatom, die Sonne, eine Darstellung des Sonnensystems mit Kennzeichnung des Heimatplaneten von *Pioneer* sowie einen Mann und eine Frau vor dem Umriss einer *Pioneer*-Sonde.

Kontaktaufnahme

Es gibt Milliarden von Sternen in Milliarden von Galaxien. Viele Sterne werden von zahlreichen Planeten umrundet. Wissenschaftler glauben, dass sich auf einigen anderen Planeten auch Leben entwickelt hat und dass es irgendwo im Universum weitere intelligente Lebewesen geben könnte. Von der Erde aus wurden Botschaften ins All gesandt, die einen Kontakt herstellen könnten. Der Weltraum ist unendlich groß und der Mensch steht mit dieser Technik noch ganz am Anfang. Man hat auch versucht herauszufinden, ob Lebewesen von anderen Planeten mit uns Kontakt aufnehmen wollen. Seit Beginn der Radioastronomie haben Forscher versucht, bewusst ausgesandte Radiosignale zu entdecken. Die NASA startete 1992 ein 10-Jahres-Programm namens *SETI* (Suche nach außerirdischer Intelligenz). Dabei werden die nahe gelegenen Sterne untersucht und der ganze Himmel nach Mikrowellen abgesucht. Doch bislang kam es von keiner Seite zu einer Kontaktaufnahme.

Kreise im Getreidefeld
Haben intelligente Wesen aus dem All jemals die Erde besucht? Manche Leute glauben daran. Von Zeit zu Zeit erscheinen Kreise und andere geometrische Figuren in Feldern. Am häufigsten treten sie auf den Kalkböden der Salisbury-Ebene in Südengland auf. Meistens liegen sie völlig isoliert inmitten der Felder, ohne Verbindung zu einem zugänglichen Weg. Eine Theorie besagt, dass sie von Außerirdischen stammen, die mit uns in Verbindung treten wollen. Andere Theorien gehen von kleinklimatischen Störungen, von im Kreis laufenden Tieren oder einfach von menschlichen Missetätern aus.

Botschaft für die Ferne

Das Radioteleskop von Arecibo ist das größte der Welt. Es wurde in den Hügeln Puerto Ricos fest in den Boden gesetzt, sodass es nur mit der Erdrotation bewegt wird. Astronomen sandten hier 1974 eine Botschaft ins All. Es dauerte drei Minuten, um die Botschaft zu senden, die zur Galaxie M13 im Sternbild Herkules gelenkt wurde. Es wird 25 000 Jahre dauern, bis die Botschaft bei M13 angekommen ist!

Begegnungen

Die Vorstellung von einem Besuch Außerirdischer war schon der Inhalt vieler Bücher und Filme. Steven Spielberg spendete einen Teil der Einnahmen seines Filmes *ET* dem *SETI*-Programm für weitere Forschungen. Damit wurde die *META* finanziert – ein Forschungsprojekt über Außerirdische, welches das 26-m-Teleskop der Harvard-Universität in Massachusetts für die Beobachtung des Nordhimmels einsetzt.

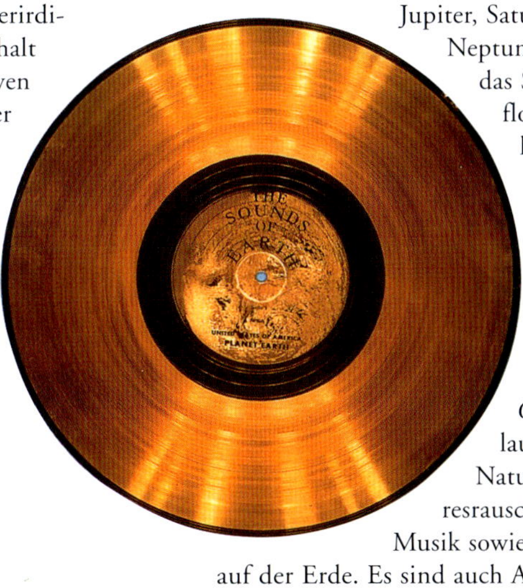

Goldene Schallplatten

Die Sonden *Voyager 1* und *2* erkundeten Jupiter, Saturn, Uranus und Neptun, verließen danach das Sonnensystem und flogen weiter ins All hinaus. Jede hat eine goldbeschichtete Schallplatte mit den »Klängen der Erde« bei sich. Auf der Schallplatte befinden sich Grüße in 60 Sprachen, Tierlaute, Geräusche der Natur wie Donner, Meeresrauschen und Wind, Musik sowie Bilder vom Leben auf der Erde. Es sind auch Anweisungen dabei, wie man die Schallplatte abspielt.

Wüstenbilder

In der Wüste im Süden Perus fand man riesige Abbildungen von Tieren wie einer Spinne, eines Vogels und eines Affen. Diese so genannten Scharrbilder von Nazca sind mehr als 1000 Jahre alt und teilweise mehrere Kilometer lang. Sie entstanden durch das Aufkratzen des Bodens, sodass das hellere Untergrundgestein sichtbar wurde. Die Figuren kann man nur aus der Luft erkennen – sie entstanden jedoch schon lange bevor es Flugzeuge gab!

Die Zukunft

Die Zukunft der Weltraumforschung verspricht sehr spannend zu werden. So sind unter anderem viele neue Satelliten in Planung. Sonden werden bis zum Pluto und zum Kuipergürtel fliegen sowie auf Kometen und auf Asteroiden landen. Eine neue internationale Weltraumstation ist im Bau und vermutlich werden bald nach Beginn des dritten Jahrtausends wieder Menschen den Mond betreten. Vielleicht werden sogar bald eine bewohnbare Mondbasis und ein bemannter Flug zum Mars Wirklichkeit ...

Einfach wegbeamen ...
Die Fantasie von Schriftstellern und anderen Künstlern war den Fähigkeiten von Wissenschaftlern und Ingenieuren immer schon weit voraus. Die Reise zu den Sternen liegt in Wirklichkeit noch in weiter Ferne – allein die Erforschung unseres Sonnensystems ist schwierig genug. Es ist unmöglich, schneller als das Licht zu sein, um zu anderen Sternen vorzustoßen. Raumschiffe wie die *Enterprise* bleiben daher nur reine Fantasiegebilde.

Mondbasis
Im Jahre 1998 wurde an den Polen des Mondes Eis gefunden. Wasser auf dem Mond würde den Aufbau einer Mondbasis gewaltig erleichtern. Eis könnte zu Wasser geschmolzen und zum Trinken, Waschen und Bewässern von Pflanzen verwendet werden. Es könnte außerdem in Sauerstoff zum Atmen und in Wasserstoff zur Energieversorgung umgewandelt werden.

Delta Clipper
Eine wichtige Aufgabe für die Zukunft ist die Entwicklung neuer Transportsysteme. Der *Delta Clipper* wird als möglicher Nachfolger des Spaceshuttle getestet. Er startet und landet waagerecht und kann mit oder ohne Besatzung fliegen. Mit acht Triebwerken kann er in nur einer Stufe die Erdumlaufbahn erreichen und dabei Lasten von 10 Tonnen transportieren. Später werden auch mit Kernkraft betriebene Raketen möglich sein, die dann für sehr weite Missionen einsatzbereit sind.

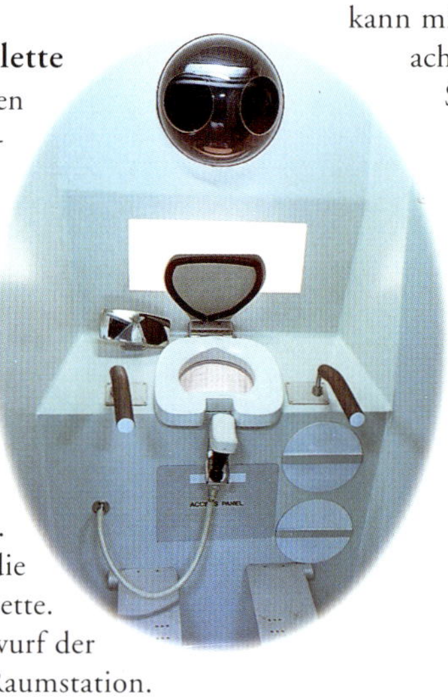

Weltraumtoilette
Eine häufige Frage an Astronauten lautet: »Wie gehst du auf die Toilette?« Seit dem Einsatz der Raumstation *Skylab* gibt es im All auch Toiletten. Der Astronaut trägt Gummihandschuhe und hält sich an Griffen und Fußstützen am Sitz fest. Die Exkremente werden durch Unterdruck in einen Abfallbehälter gesogen. Feste Abfallstoffe werden getrocknet und gepresst. Mit feuchten Tüchern säubern die Astronauten sich und die Toilette. Diese Toilette ist ein Entwurf der NASA für die neue Raumstation.

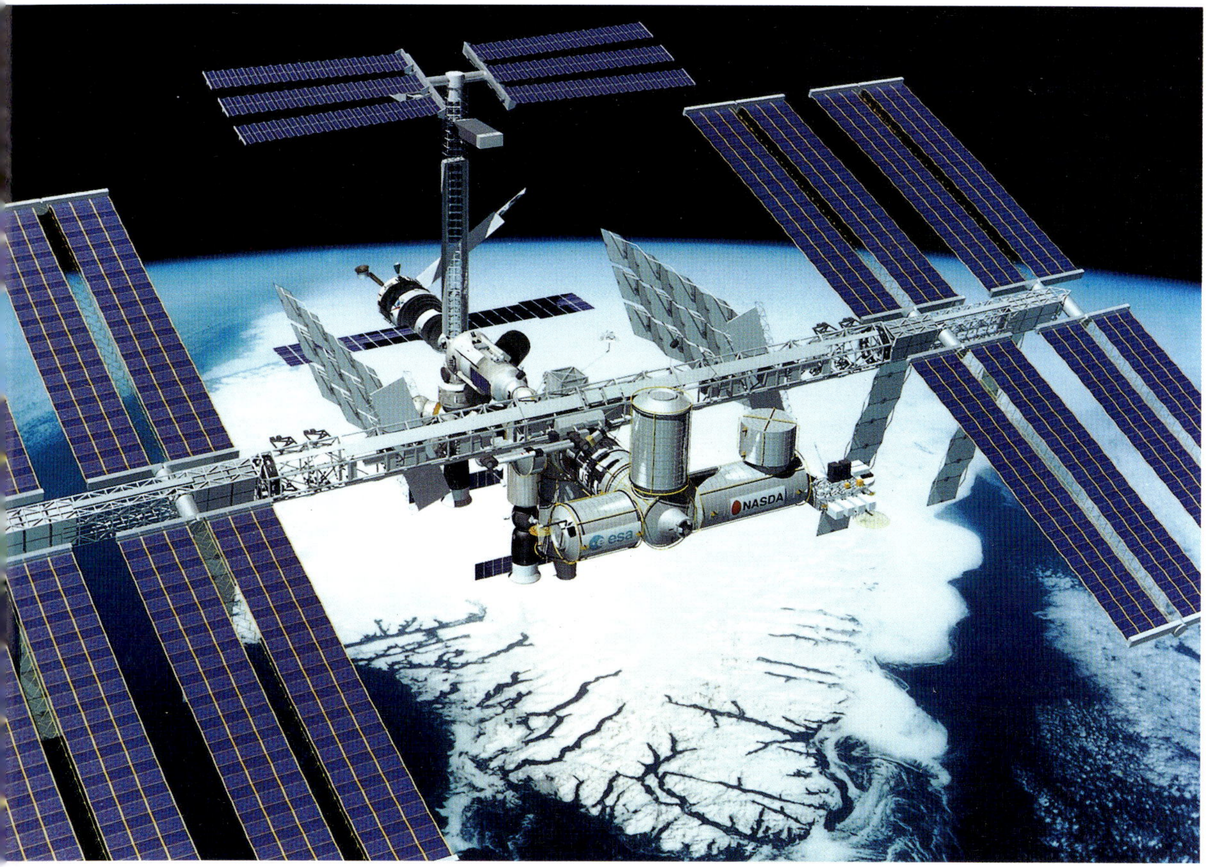

Internationale Raumstation

Russland kündigte 1998 an, die Raumstation *Mir* 1999 nach 13-jährigem Einsatz aufzugeben, was dann aber doch verschoben wurde. Seit etwa zehn Jahren ist eine neue Raumstation in Planung. Bei diesem internationalen Projekt steuern 16 Nationen verschiedene Bauteile bei. Der Bau begann Ende 1998 und dauert voraussichtlich bis 2005. Bauteile und Ingenieure werden mit Spaceshuttles zur Station gebracht.

Weltraumhotel

Wie wärs mit Ferien im All? Seit einigen Jahren beschäftigen sich mehrere japanische Gesellschaften mit der Idee eines Hotels in der Erdumlaufbahn. Der gesamte Komplex würde geschlossen und vor der eisigen Kälte des Weltraums abgeschirmt sein.

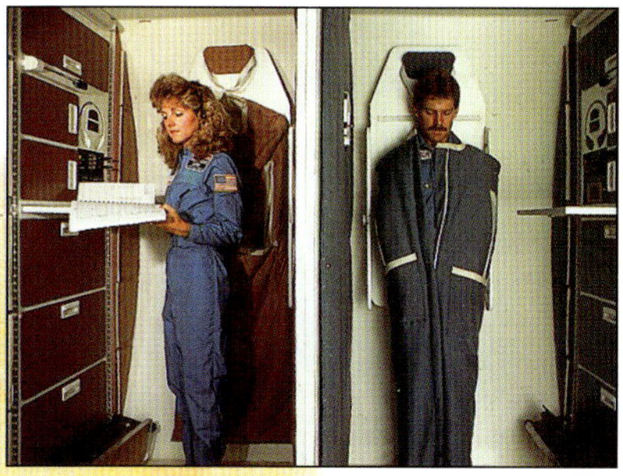

Leben in der Raumstation

Die früheren Raumstationen wirkten sehr voll gestopft mit verschiedenen Behältern und Ausrüstungsgegenständen. Die neue Station wird übersichtliche Arbeitsbereiche und Lebensbereiche haben. Jeder Astronaut hat eine eigene Kabine mit Stauraum, Arbeitstisch, Computeranschluss und Schlafsack.

Schon gewusst ...?

... warum so viele Hobbyastronomen nach Kometen Ausschau halten? Weil ein Komet nach dem Entdecker benannt wird!

... warum die ersten US-amerikanischen Astronauten kleiner als 1,80 m sein mussten? Größere Menschen hätten nicht in die winzige Raumkapsel gepasst! Astronauten mussten außerdem jünger als 40, körperlich fit sowie gut ausgebildet sein und mindestens 1500 Flugstunden haben. Die sowjetischen Kosmonauten waren sogar noch kleiner: Sie mussten unter 1,70 m sein!

... was das Wort »Astronaut« bedeutet? Es ist lateinisch für »Sternenfahrer«.

... wie viel ein Shuttlestart kostet? Mehr als eine Milliarde Mark! Dazu kommt die Arbeit von 40 000 Ingenieuren und Weltraumforschern.

... wie schnell die Astronauten mit der Rakete ins All geschossen werden? Mit 11 km/s. Beim Start sitzen sie in 30 m Höhe.

... aus wie vielen Teilen eine Rakete oder ein Raumfahrzeug besteht? Eine *Saturn-V*-Rakete bestand aus 30 000 Teilen. Das erste US-Raumfahrzeug, die *Merkur*, hatte 11 km lange Stromkabel!

... wie lange die Menschheit schon von einem Flug zum Mond träumte? Um 165 n. Chr. schrieb Lucian von Samosata die erste bekannte Weltraumgeschichte. Seine *Vera historia* (Wahre Geschichte) handelt von den Abenteuern griechischer Athleten, die auf den Mond geweht wurden.

... wie groß der atmosphärische Druck auf der Venusoberfläche ist? Er ist 90-mal größer als auf der Erde.

... wie viel Treibstoff der Spaceshuttle verbraucht? Mehr als 680 000 Kilo flüssigen Sauerstoff und Wasserstoff. Die drei Triebwerke des Shuttles arbeiten pro Flug nur acht Minuten lang, dann haben sie den Treibstoff verbraucht – und der Shuttle ist im All angekommen.

Die deutsche Bibliothek - CIP-Einheitsaufnahme

Der Weltraum / von Felicity Trotman. [Aus dem Engl. von Werner Horwath. Red.: Heike John; Magda-Lia Bloos]. - München: Ars-Ed., 2001 (Wissen der Welt) Einheitssacht.: Exploration of Space <dt.> ISBN 3-7607-4691-8

Aus dem Englischen von: Werner Horwath
Redaktion: Heike John, Magda-Lia Bloos
Umschlaggestaltung der deutschen Ausgabe: Eva Schindler
First Published in Great Britain by ticktock Publishing Ltd.
Titel der Originalausgabe: »Exploration of Space«

Printed in Hong Kong · ISBN 3-7607-4691-8

Danksagung: Der Verlag bedankt sich bei Graham Rich und Hazel Poole für ihre Mithilfe.

Bildnachweis: o = oben, u = unten, M = Mitte, l = links, r = rechts, Uv = Umschlag vorne, Uh = Umschlag hinten

Ann Ronan: 6Ml, Ann Ronan @ Image Select: 2Ml, 3ur, 4ol, 5ur, 5or, 6/7o, 7Ml, 8Mo, 8Mr, 13or, 15Mo & Uv. Bridgemann Art Library: 2Mu, 2/3Mu, 4ul, 5ol, 6/7u, 6ol, 7ur. British Museum: 5M. Fratelli Alinari: 6u. Images: 29ul. Image Select: 2/3M, 7Mr. Kobal Collection: 28/29M, 30ol. NASA: 15ur & Uh, 31o. National Maritime Museum: 4/5M. Novosti (London): 10ul, 11ul. Planet Earth Pictures: 8l, 8/9u, 9or, 10ol, 11Mo, 12Ml, 13ur, 14/15u, 16ol, 16/17M, 17Mu, 17Mo, 18/19M, 19rM & Uv, 19ul, 20Ml, 20ul, 20ol, 21or, 22/23M, 23Mr, 25o, 26ol, 27ul, 26/27u, 28ol. Rex Features: 14ol, 26ul & Uh. Science Photo Library: 12ul, 12/13u, (George Baird/US Army) 30/31u, (Julian Baum) 16ul, 16/17 (Hauptbild), (John Bova) 23Mu, (John Fassanito/NASA) 26/27o, (Bruce Frisch) 31Mu, (Philippe Gontier/Eurelios) 22ol, (Hale Observatories) 24/25o, (Galia Jerrican) 22ul & Uh, (NASA) 8/9u, 10Mu, 11ur, 12or, 14ur, 27or, 29M, 30Mu, (Novosti) 8Mu, 10/11M, 12/13u, (David Parker) 28ul, 29or, (Space Telescope Science Institute/NASA) 25ul & 25ur, (Detlev van Ravenswaay) 23o & 0. Shimizu Corporation: 31ur. Telegraph Colour Library: 2ol, 3Mo & Uh, 12Mr, 12ol & Uv, 14/15o & 32M & Uv, 18ol, 19o, 20/21M, 21ur & Uv, 21M, 24ol, 24ul.

Der Verlag hat sich bemüht, alle Rechteinhaber zu ermitteln. Sollte dies in Einzelfällen bedauerlicherweise nicht gelungen sein, wird die fehlende Angabe in der nächsten Auflage ergänzt.

Register